그을린 고백

그을린 고백

장석
시집

강

차
례

그을린 고백

불을 처음 피웠을 때

오래 비어 있던 난로의 문을 열고
나무껍질과 마른 잔가지를 바닥에 놓고
지난여름을 막 지내고 들여놓은 장작을 넣었네
겨울의 첫 불을 피웠네

오래전 열반에 들어 보이지 않던 불을 데려왔네
적멸의 얼굴을 보려고
다시 춤추게 하려고

고백하거니와
잠이 깬 불길이 일어섰을 때
난로 안에서 새가 무쇠 벽에 부딪던 소리
열지 못한 문 너머 무서웠던 비행

사라져버린 일은 너무 많다
어제도 막 꺼진 불의 장례에 갔지

내가 집어넣어 태워버린 기억
겨우내 노변에서 한 장씩 한 장씩 불사른 지난 꿈
언제 다시 난로 안에 둥지를 틀었나
불길과 함께 잠시 춤추다 사라진 불새

그을린 주전자는 난로 이마 위로
끓는 헛소리를 울컥울컥 쏟고

언제 내 안에 깃들였었나
내려왔던 좁은 연통으로 다시
비명도 없이 날아 올라간 검은 새

재난처럼 앉아 있다가
두 개비의 장작과 함께 꺼졌던 밤

그 겨울의 첫 불을 다시 만날 때
나도 그리로 들어가리라
새를 꺼내다

팔이 타서 검게 그을린다 해도

빛의 그물질

한겨울 바다는 한가롭고 잔잔해

섬들을 네가 손가락으로 하나씩 하나씩 누르면
어떤 노래가 태어날까

작은 고기만 한 고깃배 포구로 들어가네

뒷전에 이는 잔물결 위로
햇빛은 빠진 자리 하나 없이 잘 앉아

그 배는 반짝이는 빛의 그물을 끌고 가네
밀물을 아침으로 데려가네

나도 저 그물에 담기고 싶네
겨울 거미줄에 걸린 마른 잎처럼

아침밥 안치는 냄새를 따라 포구로 끌려가
사랑으로 다시 지어지고 싶네

아궁이 안에 나란히 누운 두 개비의 장작
그 사이에서 일어나는 불길같이
물마루와 물마루 사이로 해는 다시 떠오르고

첫날의 첫 아침
걸어놓은 솥에 들어가 끓고 싶네

모든 아침은 새날이고
세파에 잡힌 잔주름도 윤슬처럼 반짝이고

세상에 낡은 일은 하나도 없어
사랑도 늘 새로 지은 밥이라면

시절인연
—입춘

내일이면 정월의 대보름달

그 빛이 묻었나
나뭇가지 위 참새의 볼에 온색이 있고

앞집 현관 한쪽에 놓인 배양토 부대
껍데기에 크게 적힌 흙이라는 글자
패랭이 쓰고 두 팔을 벌리고
한 발로 겅중대는 춤을 벌써 추려는가

하루살이는 느티나무를 흔들려 하고
큰 나무는 풀꽃의 마음을 얻으려는

기운과 순정의 싹이
막 태어나고 있을지 모르는 날

시절인연
―처서

세상에 내리는 비를 보는데
나뭇잎을 많이도 업고 또 안고 있는 나무가
나를 본다
마음에 생기는 습지
내 생각을 물끄러미 들여다본다

가슴패기가 다 영글어 덜 자란 것들은 없다
혼례의 날 뿌릴 갓 수확한 쌀알
빛깔 고운 과일과 가득 찬 곳간
그러나 이내 지나쳐 가야 하는 곳

집에서 집 없는 곳으로 가야 하리니

이제 곧 물까치 떼는
열매를 찾아 숲을 온통 어지럽히다 떠날 터이고
마을에 들어온 곡마단 따라 출가하는 아이처럼
나무야
네게서도 몇은 떠나가리니

새가 되려 날고 싶어
여린 바람에도 그렇게 펄럭이던 잎

집 없는 곳에서 와 집을 찾다가
금세 집 없는 곳으로 다시 떠나니
우리의 집은 허망으로 지은 바라

내 생각은 얼어 추운 곳에 가 있다
눈밭의 은둔자처럼

빌어먹을 나무야
또 필 꽃이나 다시 올 봄을 생각하지 않는다

시절인연
—추분

누군가 떠났나
세상은 온기를 잃는구나

그러면서 이루어진 일이
기껏 낮과 밤의 길이가 같음이라니

한 사람을 보내고
둘이 똑같이 나누어 가진 것

곧 밤은 흑발처럼 자라고
잠깐 싱싱하다가
외로움 파김치같이 힘없이

시절인연
— 한가위

달이 저를 비출
강도 수면도 찾기 어려운 시절

그래도 오늘 밤
네가 베틀에서 달빛으로 날줄을 짜면

나는 뒤따라
달빛 받은 네 그림자로 씨줄을 짜

지상에서 밤하늘에 이르는
이승으로부터 피안에 닿는

우리 생의 피륙을 짜보리니

시월 편지

볕이 좋은 곳에
길고양이와 상수리나무가
앉고 서 있다

살펴보아야 하겠지만
응달에는 누가 있을까

세상은 좀 기운 대로
십일월로 잘 흘러가고 있으니

시월 편지 2

무궁화꽃이 피었습니다

나무들이 한 걸음씩 앞으로 왔습니다

뺨이 붉어지는 잎을 보아요
지난여름 매 순간 잔에 넘치던 햇빛이
고요하고 투명합니다

정갈한 밥상이지만
이미 넉넉지 않은 당신의 살림을 압니다

저 하늘 고기압의 신성을 보세요
잃어버린 것을 찾아보기에 참 좋은 날입니다

가을의 연등

이 항구에 입항한 지 어느새 달포
가을은 이제 짐도 다 부리고
이웃 포구까지 촘촘히 정박했구나

오늘 아침은 키 큰 능금나무로
저녁은 감나무로 서 있는 시간을 본다

봉수대 아래 작은 암자에서
능금과 감은 가난한 등불
그 안에 주석하는 벌레와
얹혀사는 수행자의 소신공양

그러하니
미명도 어둠도
외진 곳에 숨은 죄조차 환하여

꿈이 어떻게 우리에게 걸어오는지

세계의 내부에
땅 밑에 바다 아래 깊숙이 연결된 그 길
언뜻 우리는 볼 수 있으니

십이월 첫날

밤은 발자국을 남기고
새벽달이 보인다

가슴을 누르던 하얀 서릿발

새벽이 되거라
절대 온도의 전언

시절인연
—대설

대설주의보가 한 영혼 또 한 영혼
장승과 깨진 화분에게도 호소하는 동안

눈구름 안에서 벌써 몸 부딪는 소리

내가 세상에 화평을 주러 온 줄로 생각지 말라

땅과 바다에서는 사라졌으나
눈은 품고 있는 것
세상의 몸과 마음에 빈틈없이 퍼붓는다고

눈이 내리는 속도
이루는 모습과 소리는
우리 본성의 아주 오래된 켜
모든 색과 노래의 어머니이고
시작과 소멸이 언제나 따르는 규칙

일사불란하게 붐비며

가난하게 언 세상에 눈은 도착하고

내려오는 일들에 눈머는 우리
덮어주는 일들에 숨 멎어 들끓는 우리

이 별의 살갗이 다시 불타기 전
몇 번이나 더 어긋난 일을 물으러 올까
불화의 칼을 전하러 올까

그 기운데 더러는 사랑의 자객
눈사람은 앞으로 얼마나 더 태어날까

시절인연
—동지

우리 세계의 끝은
바다가 팥죽같이 끓으며 올지 모른다

우리도 왔던 그곳으로 들어가 새알심이 되자

다 비어버린 후 마르고
오래오래 지나서 또 오래오래 비

다시 태어나는 바다에 깃들이다가
언젠가는 알껍질을 깨며 부활하는 일

너희는 뭍으로 가지 말아라

시절인연
―대한

이 집과 저 집 사이의 추위

문을 열고 나와서
소녀가 줄넘기를 시작하지 않았다면

삶은 폐업했을지 모른다

시절인연
―섣달그믐날

새 한 마리
가지 위에 세상을 등지고 앉아 있네
춥고 쓸쓸한 수자리

먼 산으로 간 마음을 돌릴 수 없네

무성한 수풀로 갈채 받으며 일어섰던 나무
다하였으나 내려놓지 못하고 앙상히 서 있네

시간의 변경을 눈은 덮으며
삶의 끝에서 처음으로 갈아타라 하네

이 모든 것의 시작이라니
맞을 엄두가 나지 않는 설날

언 가지 위를 떠난
새의 마음을 부를 수 있을까

고라니의 시평

간밤에 고라니가
할미꽃과 바위취의 꽃순
잘 나와 꽃대를 세우려던 산마늘 포기를
다 먹어 치웠다네

능선 바로 아래
우리 집 마당 안으로 왔던 새끼는
산길을 따라 조금 더 걸어
방 안의 꿈으로 들어와서는
내 시의 싹도 먹어버렸다네

곱고 맛있어 잡숴버렸나 아쉬워하니
될성부른 떡잎이 아니어서
한 끼 값 대신 김매듯 치워버린 것이라고
한집의 사람이 알려주네

별빛 아래 늘 다녀 시 보는 눈은 밝구나

그래도 알아듣게 말로 하지
어린것이라도 산짐승이니 거칠기 짝이 없네

텃밭 윗단의 시금치는 아직 무탈하고

다 털려 빈털터리가 된 나는
천둥지기 한 뼘 마음에
새싹 다시 틔워볼 일

숲에서
―문병

내가 역병에 걸려 갇혀 있었을 때
싸리나무는 모든 숲을 데리고 면회를 왔다

하루 종일
온통 푸른빛을 내 눈에 처박아
나를 살렸다

나의 근원으로부터 문병을 온 빛을 만나고 일어섰다

나도 모든 것을 다 거느리고 가
갇힌 숲과 궁지에 빠진 숲
자신의 죽음을 껴안고 누워 있는 숲을
살려야 한다

시를 담은 유리병을 던져
푸르디푸른 불꽃은 거세게 타오르고

다시 일어난 숲이

그가 우리의 근원이었던 쪽으로 걸어가도록

맹지의 집

어디로 가는가
철새에게 묻다
밤으로 눈과 얼음으로 간다
어두운 땅으로 간다

만릿길 어떻게 가는가
하늘을 헤치며 맹목으로 간다
길 없는 길을 가고 길을 닫고 간다

세상의 많은 집
내 집으로 가는 길은 분명한데
내게 가는 길은 보이지 않네
네게 가는 길은 어디인가
사방의 길에게 묻다
그에게 가는 신성한 길도 찾지 못하네

집은 우두커니 서 있으나
너와 나 그리고 신은 맹지에 있네

어디에 집을 짓느냐
철새에게 묻다
길 없는 곳에 짓는다

모두가 눈 어두운 이
세상은 맹지이기에

숲에서
—노을

불꽃 하나 숲으로 걸어 들어가
이윽고 온 숲이 불타네

언제인가 저 숲에서 베어져 나간 나무
어디선가 쌓여 있던 땔감에서 태어난 불꽃

그리움으로 왔겠지
저무는 시간이니

덫은 풀리고 허방은 메우고 궁지도 없애고
넝쿨까지 덤불까지
사냥감도 사냥꾼도
모두 불타며 저무는 숲을 무어라 부르는가

숲에서
―귀가와 출가

외롭거라 귀갓길

비탈길을 다 올라와
이제 왼편 밤나무 위 북두칠성을 지나
앞산 마루에 걸쳐 있는 카시오페아를 향하면

새벽에 서 있는 집

집 안의 독수공방
꿈을 열고 들어가 누워라

꿈은 켜져 밤하늘처럼 휘황하고
시계 안의 모래처럼 또 조금씩 쏟아져
별똥별 따라 아래로

외롭거라 떠나는 길

다음 새벽에도

비탈을 오르고 별을 지나 집에 가거라

아직 집에 가지 못하네
집을 떠나지 못하네

이루어지지 않는 길

숲에서
— 나뭇잎 우표

푸른 우표를 저렇게나 가득 붙이면
가장 가까운 별로는 갈 수 있겠다

나도 푸른 옷을 입고
유월의 나무에 오르겠다

계절은 우체국째로 솟아 특급으로 떠나고
밤마다 나는
푸른 나뭇잎을 붙인 엽서를 보내마

한여름 내내
더 먼 별의 너는
밤하늘을 올려다보아다오

숲에서
—종소리

숲은 종소리를 받아주기로 했다

산 아래 교회에서 올라온 아이
종지기도 권정생도 예수도 없고
종루는 냉방기 실외기의 거처

옛적에도 먼 절에서 때를 모르고 태어나
개떡 한 개 든 괴나리봇짐도 없이 온 종소리도
숲에 입양되어 오래 주석하였으니

어찌 태어났는지도 모른 채 온 아이
몇 안 남은 나무들은 받아주기로 했다
새도 노래를 가르치기로 했다

숲에서
―끌림

숲 안으로 아무래도 한 발자국쯤 더 들어갔어

숲 가장자리에 집을 지으며
일곱 그루의 나무를 베지 않았지

마당과 현관 앞에 의연히 서서
우리와 벌써 일곱 해를 함께 살고 있는 그들

이 봄
가지마다 새잎을 가득 달더니
내 집을 숲 쪽으로 조금 밀어주었던 게다

숲에서
—수화

바깥에 나가지 못하고 침대에 누워 있는 내게
세상의 이야기를 들려주는 이는 작은 숲이다
동네 숲에서 창문으로 가까운 대여섯 그루 나무
연두의 잎이 막 달리기 시작한 가지의 수화
물론 바람이 거든다

참나무와 소나무
참나무 중에서도 신갈나무와 굴참나무의 수화가
조금씩 다른 것은 사람과 비슷하다
나는 신갈나무의 수피가 맘에 들어 그의 수화를
표준어로 삼는다

남풍은 대개 남쪽 세상의 일을 전하고
서풍은 멀지 않은 바다의 작은 섬 소식도 날라와
어느 포구의 배가 조기를 찾으러 새벽에 떠났다는
이야기를
바다를 잘 모르는 나무는 아주 어렵게 가지를 움
직여 말하다가

쩔쩔매며 거의 눕다시피 몸을 숙이기도 하고
답답해진 작은 새는 포로롱 날아가버리고

재미나게 들으며 또 보다가
고단해지면 약을 먹고 창을 닫고 잠을 부른다

그러면 숲은
특히 창밖의 내 벗들은
늘씬한 봄바람의 춤을
소곤소곤 수다스러운 수화를 잠시 멈추는 것일까

나이테

그 나무 베어져
어느 해 나이테에 넣어둔 노래
잘린 밑동 위로 다시 나왔네

그 숲 모두 베어져
세월을 두고 복장한 일
그대로 두어 그윽하면 이루었을 뜻도
이끼 위에 쏟아졌네

집을 잃은 새는 아직 방황하네
정말로 화가 나 이 별에 부딪히려 했던 이

바람이 이제 다 날려주었으니
슬픔 없이 바윗등에 그루터기에 걸터앉아
들려올 노래를 기다리네

궁핍한 시대를 위한 미사*
소멸한 숲을 위한 초연을

다시는 들려오지 않을 노래를

나이테를 목도함은
푸줏간에 놓인 누군가의 내장을 보는 일이네

파이고 찢긴 악보를 매만져
꼭두 악공이 상여를 타고 노래하며 가네

나이테에서 나와 모두 돌아가리
가슴 안의 이야기 실개천으로 풀어져 가네

새는 밑동은 나이테는
하루만 더 빈 숲의 말림으로 봉공하다가
장엄하게 새로 솟을 것이 오기 전
이곳에 있었던 일답게 시퍼렇게 흩어지리라

* 하이든의 「Missa in Angustiis」. 보통 「불안한 시대를 위한 미사」
라고 불린다.

강의 필법

강은 나를 운반하기 위해 흐른다

모든 일에는 양안이 있어
강의 이쪽에 부들과 물새와 집과 내가 있고
저쪽에도 갈대와 무덤과 백일몽과 그리고 네가 있다
강은 폭이 넓고 깊어져
언제부터인가 우리는 만나지 못하며 흐른다

나는 강이 옮기지 않았어
사막이 말한다

그곳의 모든 모래가 강이 데려왔던 일이야
수초가 흔들리고 물고기가 알을 낳던 곳

서북쪽이든 남쪽이든 발원지는 달라도
만나는 물줄기와 몸을 섞으며
동쪽으로든 북쪽으로든
지평선으로부터 수평선으로

한결같은 이동과 낮게 출렁이는 기다림

강은 우리를 옮겨 가기 위해 흐르는데
나는 피안의 너를 아스라이 바라보며
이쪽 강변에서 늘 서성거리고 있을 뿐
이윽고 이음도 탄생하리니

돌아 있는 곳으로부터 바다로 내려가고
다시 거슬러 시원으로 올라오는 일이
우리의 세계

시간도 물안개 피어오르듯 강에서 태어난다

서체는 다르고 필법은 제각각이나
땅에 누운 무지개처럼
강은 완만하게 굽은 한 획
나도 그 문자로 들어가는 한 줄기 실금
바다로 돌아가 풀어지려는

아득하고 긴 노래를 만들며 강은 흐른다
나도 물새도 구비구비 한 가락

맞이함의 춤

을지로3가역 승강장

고장인지 파업 때문인지 기다림의 긴 시간
뒷모습과 목이 긴 소녀

전동차가 오는 소리 쪽으로
몸을 기울이고 고개를 돌려

한쪽 발
다른 쪽 까치발 한 종아리에 올리고

춤을 추기 시작하려는 흰 물새처럼

나는
웅성거리는 소요에서 홀로 빠져나와

냇물에 발을 담근 여름날의 아이처럼

기마민족 농게

그 섬

투구 쓰고 말에 오른 농게들이
개펄을 가로질러 가고 있다

언젠가
초원을 건너고 해안을 따라 도래한
기마 병사를 본 적이 있는 것이다

널빤지 위에서

가로로 켠 횡단면의 수평선 위로
조금 솟은 그대가 보입니다
녹슨 얼굴의 등대처럼

차안의 기슭에서 고개를 내밀고 나는 바라봅니다

마음은 밀물이 되어
숲 냄새 가득한 바다를 가로지르고 싶습니다
겹겹의 나이테 같은 물살을 만들면서요

숱한 동심원으로 적었던 우리 운명의 노래는
이제 삐걱거릴 뿐이거나
멈추었거나

그러나 이것은 못 박지 못합니다

하나의 동그라미를 이루며
낡은 널빤지 양쪽에서

같은 시간에 늘 함께 있는 우리

젊은 별 회의

몰락하는 행성을 위해 은하의 별들은 모여

별빛은 이곳의 땅 위에 물 위에 어리지 않네
이들은 더 이상 우리의 빛으로 만든 창공의 지도
를 보지 않네
스스로 밝힌 찬란으로 어둠을 부르고
빛의 까막눈이 된 작은 떠돌이별

계절의 길은 끊기고
철새는 세상의 하늘과 땅을 헤매네

번영을 좇다가 가난의 극지가 되어버리고
공포와 분노로 제 별을 부술지 모르네
손전화에 눈이 박혀 가다가는 곧 혜성과 부딪혀
붕괴하리라

걱정하는 젊은 별들도 상처가 있으니
운명을 함께 잡은 짝별에 끌리다

폭발로 날려 보낸 더 젊은 날의 겉켜

우리에게도
모두가 젊은 별이었던 시간이 있었다
태항산에서 빛고을에서
집강소에서 자취방에서 촛불에 빛나던 세종로에서

은하계와 외부은하에서 온
젊은 별 모여

저 행성은 내리 푸를 수 있을까
우주의 오솔길을 따라 제 길을 더 갈 수 있을까

나는 밤하늘을 올려다본다

별의 말을 잊었기에
다만 멀고 희미한 반짝임을 보며 생각한다

아마도 아마도 아마도*

* 트리오 로스 판초스의 노래 「Quizas Quizas Quizas」에서.

뒷걸음질 치는 배를 보며

부두 말뚝에 매였던 고삐를 풀고
저 배는 뒷걸음질한다
느리게 영원히 그리할 듯이

만곡한 항구의 반지름을 다 못 가서

원의 중심에서 멈추어 흔들리다가
심장은 포말이 솟는 소용돌이 일으키며
이윽고 뱃머리를 파도가 오는 쪽으로

고인돌과 조개 무덤이 있었던 해안을
섬들 사이를 빠져나와 이윽고
욕망으로는 갈 수 없는 곳
희망과 바람이 이끄는 난바다로

방주의 선장은 신도 노아도 아니니
키잡이로 누구를 뽑더라도

모든 세대의 생명이 가득히 탄 우리 별은
가끔은 뒷걸음질 치는 듯하여도
잠시의 농담이었다는 듯
이내 살같이 압도적으로 나아간다

빛을 찾아
상상의 물마루를 넘어
우리 세계 고정관념의 이면으로

더러움의 시

나는 놀랐네
설산 아득한 꼭대기 빙하
그 더러움에

더러운 아이
내가 본 가운데 가장 예뻤던

눈같이 흰 신
낡고 더러운 검정 고무신
더러운 성자
더러운 시
더러운 사랑

더럽게 예쁜 당신

파르티아 활쏘기

줄곧 쫓기다 거의 막바지
한 입 차이에 이르렀을 때
나는 윗몸을 뒤로 돌려 시간을 향해 쏘았다

언뜻 보았다 그 고요함
천 개의 눈 중 하나였을까

우리는 태곳적부터 쫓기다 살아남은 이의 핏줄
고구려 궁기병의 후예

비열한 한 수였다고 할지 모른다
결국 떠나는 자리에서 쏘아버린 한 발

가슴속에 평생 벼리던
뾰족하고 예리한 시

버리지 못하는 악의
맞출 수 없는 삶

수수께끼

우리는 수수께끼 주위에 둘러앉았어

앞에는 찻잔이 하나씩 놓이고

밤이었겠지

담긴 별빛을 바라보다가

내 뒤에 손수건이 놓이면
쥐고 벌떡 일어나 달리면서 답을 찾고

답은 없으니
머리에 불이 붙은 채
수수께끼 옆에 앉아 호르르 타오른다

내가 사위고
너도 사위고
둘러앉은 모두가 사위어버려 잔잔하니

수수께끼는 일어나
하늘의 별들을 하나씩 하나씩 *끄고*

바닥에 흩어진 우리의 잉걸을 지켜보다가

알 수도 모를 수도 없는
밝지도 어둡지도 않은
풀 수도 풀지 않을 수도 없는
수수께끼 같은 적멸
나를 칭칭 감은 채 명멸하는 꼬마전구

그것을 켜는 것인가 *끄는* 것인가

순천 외가 7
—냇가 나무의 햇가지

　꽃 냄새만으로 나는 일천구백육십오년 오월을 찾
아갈 수 있다
　순천 동천 물 흐르는 소리 옆 평평한 돌에 내 옷을
누이고
　빨랫방망이로 덩 더엉덕 쿵덕 두드리던 여자에게
갈 수 있다

　햇가지로 막 벋은 나는
　벌거벗은 자주색으로 바람개비 돌듯 달려갔고
　그 노래는 내가 죄를 지을 때마다 나를 두들겨 빨
아주었지
　그 향기로 모든 내 길은 꽃길이 되었지

　지상에서는 이미 자취를 거둔 여자와 냇물
　외가도 늙은 가지에서 한 해나 더 달려 있을까

　그러나 지금
　향기는 오히려 짙고 노래는 더욱 고와서

신작로를 걷고 냇물 따라 흘러가
해 지기 전 그해 오월에 나는 닿을 수 있다

통영

나는 빗자루로 태어나

어항 도시의 겨울과 봄

당신 손에 잡혀 부리는 대로

동백과 벚꽃을 쓸어 모시다가

닳은 몽당은
바다로 내려가는 비탈에 꽂아주면

또 오는 겨울과 봄

흰 꽃 붉은 꽃 한 송이 피워보려나

우주인

버스를 향해 유영하다가 거꾸러지네
살빛과 입성은 세상에 내린 어둠과 구별이 없고
흐트러진 머리카락만이 다 바랜 야광 표지
때 묻은 행낭을 짊어진 노인

이곳은 달도 하나뿐인 가난한 별
외딴 바닷가 고장
중앙시장 건너편 우주정거장
서넛 여행자 긴 의자에 앉아 있다가
어어 우짜노 소리 지르며 일어나네

차도와 보도 사이 차바퀴 옆에서 그도 일어서고
우주선은 다시 해치를 열어 그를 태우네
죄를 치려고 날아온 별똥별에 여러 번 맞은 자국

넘어졌다고 못 갈 건 없다
슬픔조차 제대로 데려가지 못한다면
선장은 생각했을까

어느 은하로 가는지 나는 모르네

빛나는 일들이 가득한 밤하늘
저 버스는 채 밝지 않은 길을 따라
별이 될지도 모를 일들 쪽으로 가거라

작은 별에서
자주 나동그라지는 우리들
모두가 다 우주인

태풍

수평선을 일으켜 세우고
직선을 휘어 곡선으로 만들려고

태풍이 온다

모든 손에 쥔 빗금의 칼날
사랑니조차 뿌리 뽑을 거센 바람

찢길 곳을 기울 바늘과 실
노래가 태어날 피리를 가지고

서로의 심장으로 피항하시길

국밥을 먹는 시간

적동과 청동의 얼굴
두 사내가 돼지국밥을 먹고 있다

조금 전까지
파도와 겨룰 엔진을 배에 앉히던 그들

내 식탁 위에도 색색의 선기처럼
부추무침과 고추와 썬 양파와 깍두기가
흰 연기를 올리는 국밥 그릇과 함께 있다

바다색의 소주를
나도 삶의 내부에 덜컹거리는 심장에 끼얹는다

선박기계단지 한쪽의 식당 앞에는 바다
물 안에서도 바깥세상에서도
바닷새도 노동자도 먹물도
지금은 모두가 밥을 먹는 시간

부채질

중앙시장에서
죽은 갈치와 마른 메기에게 부채질하는 그이
까만 파리떼를 쫓으며
이문을 부르는 상인

창공이 산에게
산이 마을 숲에게
느티나무가 그림자 아래 노인에게 해주는 부채질

노파가 잠든 아기에게
산 것이 산 것에게
사랑이 사랑에게 보내는 바람

나도 네게 팔을 흔들어
걱정을 쫓아주고 싶다

가만있자
내가 네 주위를 나는 날벌레 아닌가

꼬리지느러미에 뺨을 맞다

중앙시장 안 붐비는 활어 골목

수조에 걸쳐놓은 플라스틱 광주리 밖으로
여기저기 생선들이 뛴다
반짝이며 흐르는 봄물 속으로 뛰어들려고

바닥에 끌리는 갈치 꼬리를 밟지 않으려고
조심조심 걸어가는데
무엇인가 느닷없이 내 뺨을 올려붙인다

산중 선가 처마 아래에서 주석하던 목어가 헤엄쳐
왔나
꼬리지느러미를 휘둘러 나를 쳤네
죽비를 맞은 땡중처럼 깨어나네

까마득히 오래전
당신도 바다로부터 왔구나
이 몸을 믿고 뭍으로 올랐지

철벅철벅 세상 길을 함께 걷지 않고
나는 엎드려 잠만 자고 있었구나

이제 누구도 우리에게 고향을 묻지 않으리니
햇살 곱게 내려온 바닷속을 아무도 헤엄치지 않으
리니

나는 시장통 이쪽 가게의 물통 안에서
당신은 건너편의 좌판 위에서
눈꺼풀도 없이 서로를 보고
가끔 지느러미로 물을 튀겨 보내자

짝

혹돔은 바위에 몇 번이나 이마를 박으면 성불을
하나
커다란 혹에 마음을 뺏겼을까
소라를 우두둑 부숴서 살을 꺼내주는
든든한 이빨에 짝은 마음이 홀렸을까

밤중에 암초 밭을 다니는 뽈락은
무얼 보고 배필을 고르나
붉은 몸에 커다란 눈이 좋았을까

메가리도 우리를 보면
죄다 한통속으로 생긴 사람들은 어찌 제 반려를
정하는지 궁금하리라

비 내리는 숲의 덤불 안에도
뱁새 두 마리 옴살로 붙어 깃을 부비고 있다

두 개의 운명을 섞어 나누는

도무지 어려운 일
거의 다가 하는 일

혼례 준비

네가 솜사탕 같았던 때를 기억해

하얀 솜뭉치처럼 달칵달칵 나왔던 때를

너는 오늘
새로 곱게 부풀린 구름처럼 멋지다

저 영감 머리 손질은 어쩌나
어쩌기는
솜틀집에 가서 뜯고 새로 틀면 되지

접촉

엄마 가슴에 매달린 아기와 승강장에서 눈이 마주쳤고
나는 짐가방을 들어 올려주었네

객차 사이의 승강구에서 종착역에 닿기를 덜컹덜컹 기다리다가
내게 손을 내민 아기와 손가락 악수를 했네
팔 개월의 그와 팔백 개월의 나
짐가방을 다시 내려주고 멀어져가는 모습을 보았네

아기였을 때
나도 내게 유성처럼 날아온 눈빛 손짓 몸짓과 부딪쳤으리라
별에게서 유래해 어느 시인에게 전해진 기운을 나도 조금 나누어 받아
지금 이런 시라도 쓰는지 모르네
오십년대 후반 절망과 희망, 분노와 기쁨을 섞어 시를 그리던

눈 커다란 그이와 손가락을 서로 부딪힌 적이 있
다고 말하고 싶네

눈이 맑고 예쁘게도 웃던 아가야
세상에 대한 기대와 믿음으로 가득했던 아가야

별 가루 시 가루가 네게도 전해져
너의 시간에도 여전히 시의 아기들이 태어나길 바
라네

술의 노래

나는 술집에서 자랐어
술꾼과 담배 연기 사이에서 잔뼈가 굵었지

끓는 쇳물을 들이켜고 강철 조각을 씹었지
늙은이는 알아듣지 못할 우리의 노래를 불렀지

그것은 헛된 일이야

나는 술집에서 늙었어
오래된 슬픈 노래와 추억 사이에서
먹물 같고 잿물 같은 술을 홀짝이고
말린 시간을 씹었지

그것은 헛된 일이야

나는 술집에서 죽지 못했어
술집이 나보다 먼저 죽었고
알아듣지 못하는 노래가 흘러나오는

술집은 나를 받지 않았지
세월이 내 잔에 남긴 폐수를 들여다보고
광속으로 시간이 빠져나가버린 전선 껍질을 깨물
어본다

그것은 헛되거나 헛되지 않는 일이지
술의 일은
모든 것을 헛되게 하고 또 헛되지 않게 함을
늙은 술꾼은 몽롱하게 깨닫지

무너져 어둑어둑한 술집 안에서

그 집

굽다리 의자 몇 개 놓인 작은 곳

선객을 헤치고 들어갈 수 없는 좁은 곳

운 좋게 자리를 얻었다면
등 가방은 발 앞에 걸고
마음은 뒷벽의 못에 엇갈리게 걸어
서로의 마음 아래 앉아
술을 마시자

언젠가 너였던 나*
나인 줄 알았던 너가 나란히 흘러가고

밖에는 성탄 노래 울려 퍼지는데
빨강 속의 검은 길 걸어온 예수
문을 열어도 앉힐 자리가 없다

네 뒤의 내 마음 따위는 내리고

그를 걸어줄까

그 그림자 아래에서 술을 마시자

* 유정아 산문집 『언젠가 너였던 나』(마음의 숲, 2022).

잊지 않기 위하여

가장 먼 곳
말이 다르고 어둠도 낯선 곳
외진 골목 안 술집 차려

네 이름 벽에 적어놓고는
어렵게 읽는 취객마다 술 한잔 주리니

호명이 있는 시간
그 밤하늘에서 빛나네

네가 불러주니
나도 잊지 않는다

담배 연기는 위로 오르고
별빛 술 방울처럼 내리고

눈사람

가난한 이가 누구를 연모하니
그 헛된 일 때문에
눈이 내리고

한 아이 쓸쓸한 등을 보이고 쪼그려 앉아
곡진하고 다정하게
자기 앞의 생을 뭉치고 있다

눈사람 하나 태어나는가

가난하여 눈송이에 한 칸 세를 얻은 사랑
녹아 도로 더러워지기 전
눈사람이 되어 걸어가거라
하얀 세상 속에서 찾아보아라

사람과 눈과 사람 사이
시야는 가려지고 이윽고 길은 끊기리니

눈 내리는 어딘가에 있는 일
우스꽝스러운 눈썹과 코를 달고
어린 눈사람은
지평선까지 찾아가거라

북행 열차

눈 힘껏 퍼붓는 날
기차는 북행

화구에 투신한 화목처럼
빛나는 불꽃의 노래를 부르며
우리는 김을 뿜으며 겨울 깊이 들어가고

그는 목판에 각을 하듯
곱은 손으로 시를 언 세상에 새기며

굽은 선로를 따라 모습을 지운
숨 막히는 북행을 바라본다

초서

글도 필법도 모르는

이미 죽은 이

끌려가면서 피 흘리는 머리카락으로

땅바닥에 썼네

세월은 낙타처럼 그 길을 오래 지나갔네

다 지워져 아득한 한 획

마음을 타고 흘러내리네

연어의 길

상류의 얕은 여울 자갈 바닥의 연어

나는 다가갔다
상처투성이 항로의 생애로

꼭 이 길이어야 했니

배고픈 곰이 아니라는 걸 알아챈 그는
내세를 쏟아내고 힘이 다한 어미는

나는 연어의 길을 갔어

수전은 물론이고 산전까지 두루 겪은
해내고 이룬 기쁨으로 가득한 영혼은

마지막으로 헤엄쳐 가기 위해
너덜너덜해진 지느러미를 흔들며
내려가고 거슬러 올라왔던 기억을 물에 씻는다

산이 품은 내와 강이 펼친 들
바다의 물갗과 깊은 곳에서 우리가 하는 일
갈고리 달린 그물과 쓰레기로 만든 섬은 도무지
지워지지 않고 그를 붙들어

연어는
흐린 눈알로 나를 보며
굽어버린 주둥이를 벌려 애써 말한다

너는 사람의 길을 가지 말아라

여행

산꼭대기 옹달샘에서 발원한 물은
구름과 벗하여 길 떠나 바다로 가고

멸치는
깊은 산골 오두막의 부엌에 도착하네
바짝 말라비틀어져서
시렁 위 단지가 마지막 거처

번거로운 수고도 없이 납자의 발우는 넘치고
택배 상자와 장바구니에는
바다를 떠나 싱싱한 주검으로
붉은 새우살
생선의 푸른 등짝
다리 잘린 오징어 가득하네

죽으러 가는 길과 죽이려 가는 길
살려고 떠난 길과 살리려 떠난 길
들과 바다의 큰길 골목길에서 얽히고설키네

넋 없이 살거나 영문 모르게 죽어서 가는 행자로
길은 가득하고

우리 얼굴과 몸과 정신의 근원이며
여행의 종착지인
바다가 없어진다면

여생

내가 침대나 의자에 묶이면

하루에 몇몇씩
옛 생각의 아기들을 찾아 부를 테야

까맣게 잊고 있던
벽장과 다락과 은신처의 서랍을 떠올려

그 시간을 흘렀던 냇물이
호의로 살며시 남겨준 일

시간의 강은 아무런 관심도 없이
그때 강변에 서 있던 내 앞에 무심코 버려둔 채 가
버린 일

덧없이 아름답구나
한숨과 미소로 작별하고

놀랍게도 채 꺼지지 아니한 시의 재
그 잉걸불은 내 안에 다시 넣어
후후 불고 기도를 하고 소망을 담고
모자도 씌우고 신발도 신기고
받침도 달고 줄과 연을 다듬고
무엇보다도 내가 늘 서툰 맨 끝을 잘 마무리하여
드디어 이름을 짓고

그리고
창문을 열어달라고 부탁할 테야

지금 여기는
내가 일찍이 한 번도 쳐다보지 못했던
불의 그림자만이 드리워 있다

세상을 덮은 노을을 헤치며
새처럼
숲과 바다로 날아가라고

월식

내 그림자에 가린 달

더 밝은 것에 눈을 빼앗겨
내 그림자가 그대를 붉게 가린 일

모든 것이 가려지고 영영 잃는 때도 있으니

잠시는 가린 것도 잃은 것도 아닌데

그러나 온 세상이 두려워 떨고
많은 목숨이 버려졌던 일

지금은 큰 도시 빌딩숲 위
잠시의 농월

기찻길

우리 사이의 기차

흰 콧김을 뿜던 크고 검은 것
더 긴 깜깜한 굴과 붉은 산 사이의 들을 지나갔지

이제는 다만 기찻길
맨드라미 붉은 녹슨 길
단 한 번 지나가버린 길

고무줄 끝과 끝을 마주 붙들었던 우리
뛰어넘다가 줄에 발이 걸리던
기차는 다니지 않는다

네 역과 나의 간이역
사실은 내 이쪽 끝과 저쪽 끝
누구나의 시작과 끝

미끄러져 들어왔고

덜컹거리며 멀어지던
내가 탔던 것

끝과 처음 사이를 달렸던 기차

개심사

개심사에 가서 심장을 열자

야단을 세우고 법석을 펴고 앉아
가을을 보자

둘러선 산도 법어를 들으며 온통 붉어져
적멸로 가리라 가슴을 열고
곧 단풍 한 잎 남김없이 비운다 하네

저물기 위해 높이 올라간 하늘에
새 한 마리 시리도록 파랗게 날고

동백 아가씨

그이가 하는 혼잣말을 보았네

바닷가였고
바다에 봄이 밀려오고 있었고

바다에 어룽어룽 비치는 봄 빛깔
그 안에 나도 있었기에
알아들을 수 있었다

동백, 동백 아가씨, 라고
혼잣말을 하는 옆얼굴

붉은 입술에서 나오는 꽃을

봄 바다 1

섬과 섬 사이에
아마도 밤사이에
대형 곡물 운반선 여러 척이 참깨를 쏟아부었을까
설마 그럴 리는 없겠지만
나는 청보리밭 같은 봄 바다를 바라본다

죄를 지어 있는 대로 해양 투기하다가도
  한 번은 제 소중한 것을 공양하고 싶은 마음이 들
리라

유향과 몰약과 봄꽃도 모두
탕진하는 봄날

배는 심장도 켜지 않은 채 미끄러져 가고
바람도 물새도 노래도 수면을 활주하니

저 섬들을 향해
오늘은 이 언덕에서

마녀와 야차를 데리고서도 사랑의 노래를 부를 수
있으리라

　소중한 사람의 머리에 기름을 부어주었듯
　거칠어져버린 이에게
　이 노래를 불어 가게 할 수 있다면

봄 편지

섬에서 열린 혼례에 갔었네
이모부를 따라 웃음소리로 만선인 배를 타고 갔었네
굴 어장의 일꾼인 신랑과 산달도 한마을의 색시
그 집 잔치 마당에 가득한 하객
족두리와 연지 곤지와 보자기 안의 부리부리한 닭
의 눈
고운 빛은 다 어디로 갔을까

초가지붕 아래 방 안에서 어른들 사이에 앉아 받았
던 잔칫상
비린 생선과 맛 설었던 너물비빔밥 사이에 나도 올
려져
알아듣지도 못할 성화에 굴처럼 입을 다물고 있다가
교가를 부르다 울었던 나는 멍청이

풀어지는 일이 봄이리라
남쪽 바다에는 겨울방학이 채 끝나기도 전에 봄빛
이 내리기 시작했고

검버섯과 흰머리 수묵의 시간
색을 잃은 잿빛의 장소로 나는 가는데

춘분의 오늘 아침
불이 환하게 켜지듯
무채색 기억의 그 일이 채색 판화집으로 펼쳐지네

검은 것에는 슬픔만이 아니라 기쁨도 있고
흰 것에도 화미함 가득하니

그날의 수면 아래로 헤엄쳐 오는 두 마리의 물고기처럼
봄은 꽃다운 소식 담은 편지로 도착하여
삶을 다시 색칠하네

상심과 절망을 벗고 배에 올라
우리를 다시 그 섬의 혼례에 오라 하네

드물게나마 기뻤던 날의 축가를 부르라 하네

봄 바다 2

바다가 보이는 봄에 살고 있는 너는

친구의 집 같은 섬이 여럿 있는 너는

섬으로 가는 신발 같은 배를 타는 너는

작은 섬을 지나
왼쪽으로 갈 수도 오른쪽으로 갈 수도 있는 너는

늘 노래 부르는 파도를 데리고 집으로 가는 너는

세상의 모든 냇물이 네게로 가는데

왜 나도 냇물 따라 오라 하지 않니

봄의 깨달음

산꼭대기에 오르려는 꽃처럼

들로 번지려는 불처럼

모든 파도를 타고 싶은 물고기처럼

세상의 모든 소 등에 앉고 싶은 등에처럼

부풀 대로 부풀어

눈뜨듯 산수유꽃 피는 소리

색종이의 봄

내가 처음 가진 색종이
그 봄을 다 썼네

매화꽃빛 색종이에는 무얼 그렸나
개나리와 팥꽃색 종이도 탕진했네

하루 잘 얻어걸린 거렁뱅이처럼 돌아다녔네
햇살은 손가락 사이로 다 빠져나가고

내가 처음 얻은 색종이 같은 사랑
분홍색과 푸른색의 서툰 낙서
진담처럼 했던 농담과
비극으로 잘못 오려버린 희극

꽃잎 흩어지는 해안 길에서 보네
그가 이제 준비하는 남풍을
세상이 다시 부를 노래를
그다음에 올 격정의 태풍을

나는 내 이야기에서 단역이었고 사랑에서도 대역
이었네

모든 색의 색종이가 있었네
교실에서 집에서 어떤 시간의 골목에서
그리고 찢고 버리고 바람에 날려 보냈네

주머니는 비어 나는 걸어가네
마음과 머리에 남은 한두 장
흰색과 잿빛과
그리고 모든 계절과 사랑을 거둘
검정색 한 장

달빛처럼 꽃은 바다에 내리고
그는 삼매에 들고
모든 계절과 사랑이 앉아 있는
법석 한 장

봄의 발굴

빙하기 동안 은둔한 이
동안거 해제되니 그 영혼
한 송이 열리고

빙하기 마지막 봄의
희미한 머리카락 냄새

매화 앞의 나는
기억과 향기의 좀도둑

진달래꽃

마을로 내려오던 길인가

상수리나무 뒤 비탈에서
봄 치마를 살짝 올리고 앉아

서둘러 분홍 일을 보고 있는
꽃

진달래꽃이 피었습니다

밤사이
몇 걸음 더 왔다
새벽을 여니
진달래꽃이 피었습니다
분홍 목소리로 외치고 딱 서 있다
가지 위에서 새는
피었습니다
시치미를 떼고 또 운다

잘 보니 여기저기 앉아 있다
내일 아침 두 걸음
저 꽃은 잡아보리라

꽃길의 난민

봄에 꽃 피는 소리 가운데
꽃을 밟고 밟히는 소리

봄 대신 병사와 탱크가 온
이상기후

꽃길을 연다
이 섬으로 피해 오거라

손가락뼈의 시
―정수일 선생께

초원을 달렸던 말뼈는 일어나 다시 달리고 싶다

부러진 손가락뼈가 늘 가리키는 별

오래전 묻힌 해골바가지에 담겨 있고
은가락지도 썩지 않는 고무신도 간절히 원해

살고 있는 우리가 모두 바라면 이루어지는 일
턱뼈가 부르고
손뼈가 연필을 쥐면 쓰고 싶은 시

통일과 평화

손으로 손뼈로 다 쥐고 있어야 할 잔
넘치게 채울 사발

의전방기(醫傳房記)

—유정호에게

내려야 할 정류소를 지나치기도 하고
종착역까지 가는 표를 끊고도 가지 못하고

막차에 올라 좌석에 구겨져
버스 종점에 부려진 밤의 미아이기도 했고
도중의 간이역에서 그만 내려버리기도 했지

이미 무효가 된 차표를 쥐고 덜컹거리며 흘러가는
무임승차인이거나
영구권을 소지했지만 때로는 사랑의 일 따위로 하
차하는 젊은 여행자거나

그는 시내버스에서 훌쩍 내려서는
충적세의 어느 좁고 외진 골목 안
위대한 방랑을 위한 간이 우주정거장으로 갔지
벽에는 누렇게 바래 알아볼 수 없는 시간표
언젠가 도착할 혜성을 기다리며
불빛에 바랜 도심 밤하늘에서 별 하나 깜박일 때

마다
　술 한 잔

　신포역 길 건너 거제 고현행 시외버스표를 파는
구멍가게에서
　라면과 소주를 마시던 나는 안다
　오지 않을 일을 멈추어 기다리는 사람을

　이곳에서 우리는 술을 마신다
　주머니에 제각각 차표를 넣고 앉아 있는
　의전방의 정거인이여
　잠시 정박하여 마지막 항해를 기다리는 곳
　사실은 시간의 물살에 늘상 떠내려가면서
　갑판을 청소하듯
　식탁에 바닥에 제 몸에 술 뿌리는 멈춘 자여
　불러야 할 노래의 전주만을 뽑으며
　늘 연습곡만을 두드리네

이 밤
시간은 누항의 이층 간이 정거장에 고여 있는 듯하나
우리는 그저 지나치고 싶은 집으로 곧 가야 하고
그만이 이곳의 영원한 정거인
더 이상 늙지도 않는 환한 얼굴로 앉아 술 한 잔을
더 따르네

뜰에 잠시 머무는 봄에도
하루 먼저 핀 매화가 나중 핀 꽃을 어여삐 여기고
하루 먼저 진 작약을 곧 질 꽃이 서운해하나
의전방에서 우리는
그의 시간에서 한 발자국도 벗어나지 않아

또 한 사람 늙지도 않는 이상한 경비원이
늘 그와 이곳의 밤낮을 지키고 있기 때문이리라

그날이 왔다, 새가 노래하려면
―노회찬에게

세상은 우기이니 유행을 멈추고 하안거에 들 때인데
어떤 슬픔이 이끌어 여기에 있나
마음의 허기가 탁발을 보내 바리때에 무엇을 채우
려 하나
애도동맹의 우리 대오여

소중한 것일수록 어이없게 잃고
귀한 것을 서둘러 별로 보내는 일은 안타깝기 짝이
없으나
자연은 제가 낸 것을 모두 다시 품어 푸른 산으로
돌아감을 안다*
이를 허망이라 하지 않고
우리는 희망이라고 말한다 틀림없는 희망

오늘
새가 꽃잎을 물고 와 푸른 바위 앞에 떨어뜨리듯
그대에게 좋은 세상의 소식을 전하지 못해 미안쩍고
이 계절, 빛나는 두 손으로 하얀 석남꽃을 받들어

머리에 올리는
  눈부시게 아름다운 시간의 이야기를 나누지 못해
아쉽다

  다만 우리는 스스로의 장례식에 참석해
  거꾸로 그대의 추도사를 들으려는 망자가 되어서
는 안 되겠지
  미소 짓고 있는가
  고난의 행군에 나선 우리 행렬을 마주하며

  그대가 사랑하는 이들에게 준 곡진한 당부는
  멈춘 자의 청은
  별빛으로 바람으로 멈추지 않고 늘 불어온다
  '당당히 앞으로 나아가길 바란다'
  별빛에 피가 배어 있고
  바람에도 쓴 내가 나도록 절절하다

  나아가는 이는 흐르는 일은

잘못도 만나고 각성도 얻으니
한 발은 허물 또 한 발은 분별로 하여
그릇됨과 깨달음의 반복이 길을 이룬다

그대에게 진정코 우리가 이룬 승리에 대해 말해주
고 싶다
실패 같은 승리가 아닌
승리와 다름없는 패배를
머지않아 만날 참된 승리의 소식을

달리 무언가 있는 척 말고
우리의 유일한 밑천인 꿈을 다시 호명하여

적들은 두려워 떨고
피맺히더라도 내 형제는 기꺼이 기다릴
진짜 꿈
상상하여야 할 최고 수위의
참된 꿈

멈추지 않고 당당하게 굽이쳐 흐르는 꿈
어마어마하게 시퍼렇고
늠름하게 아름다운 우리의 꿈
시간은 흐르면서 한 시대를 이루고
멈추어 고이면 썩어갈 한 시절일 따름이니
이 땅에서의 나그네 순례가 헛되지 않도록

우리의 꿈도 멈추면 부질없는 백일몽
벅차게 드세게 흐르면
그날에 이르르니

늦지 않게 새는 노래하고
그대에게 우리는 얘기해주리니
그날이 오면

* "猿抱子歸青嶂裏, 鳥啣華落碧巖前." 『조당집』(이강옥, 『깨어남의 시간들』, 돌베개, 2019, 111쪽에서 재인용). 그 외 흐름과 멈춤, 잘못과 진리에 대한 생각의 영감을 이 책에서 얻음.

한 오라기 통신

나는 집에서 내리는 비를 보고

바람 불어오는 바다를 바라보며
너는 내 소식을 찾아라

처마에서 떨어져 땅을 파고 생긴 작은 물길은
마당 아래 숲으로 들어가고
긴 여정 끝에 바다에 닿으리라

이파리 하나라도 데려갈 수 있으려나
신생의 발길
나는 종이배 접어 띄우네
내 어린 소식을 보내네

시간의 경사를 따라
삶의 비탈을 내려가고
어디에선가부터는 굽이치며 쏟아지고
커다란 물소리에 노래는 잊혀

빗방울로부터 바다에

산으로부터 수평선에 이르는

나와 너를 한 오라기 헌 실로 잇는

깡통 전화기의 길고 오래되고 들리지도 않는 소리

약속은 어떻게 만들어지는가

자 이제 시작이다
한가위 보름달이 될 노란 실금

어둠 속 언뜻 본 언약의 처음
반지가 될 가는 테두리

막 뜨려는 아기 고양이의 눈

강바람을 밀어주며 밤 산책을 하는데
일어선 올리브색 나무 그림자 위로
나는 거의 다 자랐다는 반달의 생각

올라오고 있는 태풍이 지난 뒤 만날
한밤의 황금 약속

그때까지는
이 시의 나머지를 그대가 채우도록

숲에서
— 불빛

숲 바닥을 기어가던 달팽이
어미나무가 눈 씨앗이 제 지붕에 떨어지니
문득 한소식

비 가운데에도 날이 밝으며
숲속에 등불 켜져 새어 나오는 불빛

사랑의 그을음과 통류(通流)의 사랑

김수이(문학평론가 · 경희대 교수)

1. 사랑의 불과 신성한 정지

장석은 '불의 시인'이다. 등단 후 사십 년을 침묵한 그는 영원히 타오르는 저 시원의 불 속에서 방금 꺼낸 '그을린 시'들을 폭발적으로 세상에 내놓고 있다. 장석의 시에 그을음을 남기는 불의 핵심 연료는 '사랑'이다. 1980년 『조선일보』 신춘문예에 당선한 시 「풍경의 꿈」에서 장석은 "한없이 힘센 세력"이자 "숨 쉬는 따뜻한 열"인 "사랑의 열들"을 노래했다. "한국 현대시 사상 유례를 찾아보기 힘들 만큼 아름답고 격조 있는 언어의 조직"(남진우)과 "유다른 형

이상학적 깊이"(정홍수)로 극찬받은 문제의 그 작품이다. 이 시에서 빛과 계절과 풀과 새 등과 어우러져 한없는 깊이와 높이로 "부풀어가"는 '나'는, 그러나 사랑의 장엄한 우주와 "지상의 어두운 골목" 사이에서 분열한다. "차갑게 불타"는 '새'와 "슬픔의 첨탑"으로 이미지화된 내적 모순 속에서 장석이 묵언시행(默言詩行)으로 일관한 사십 년의 세월은, 딱히 의도한 바는 아니었으되, 결과적으로는 그가 자신의 삶과 시에 부여한 "신성한 정지"의 시간이 되었다. "이제 삶은 신성한 정지이며,/그의/그림자인 풍경만이 변모한다./그의/입김인 바람은 흩어진다. 소리의 철책 사이에서."(「풍경의 꿈」).

  '삶의 그림자'를 뜻하는 '풍경'과 그 풍경의 "입김인 바람"은 인간이 만든 언어를 표상하는 "소리의 철책 사이에서" 무심히 "흩어진다". 언어의 바깥에서 비극적인 아우라를 발산하며 '바람'으로 흩어지는 풍경의 무상성은, "그물에 걸리지 않는 바람"(『숫타니파타』)의 존재 방식과 구도의 자세를 은밀히 품고 있다. 알다시피 신성함에 대한 가없는 열망을 불러일으키는 것은 현실의 고통과 절망이다. 삶이 "신성한 정지"로 화하고 삶의 "그림자인 풍경만이 변모하"는 시간이란, 삶을 삶답게 온전히 이행하는 일이

불가능하거나 무의미한 상황을 뜻한다. 장석은 삶의 본체를 신성한 정지 상태로 두고, 삶의 그림자인 풍경만이 변모하도록 상상함으로써 암울한 시대와 개인적인 삶의 파란만장을 건너왔다. 그러니까 푸르른 이십대의 그가 몽상한 것은 '삶(자체 및 실상)의 꿈'이 아니라, '삶의 그림자'인 '풍경의 꿈'이었다. '삶의 그림자＝풍경의 꿈'은 장석에게는 삶의 처소인 세계에 의해 오히려 훼손되고 있는 '삶' 자체를 보호하기 위한 시적 장치였으며, 언젠가 꿈의 베일을 걷어내고 삶의 실상에 오롯이 직면할 것을 예비해둔 시적 약속이기도 했다.

2020년대 들어 장석은 해묵은 함성을 터뜨리듯 시집들을 연달아 출간한다. 그가 한꺼번에 펴낸 첫 두 시집 『사랑은 이제 막 태어난 것이니』(2020, 강)와 『우리 별의 봄』(2020, 강), 이후 두 해 만에 발간한 『해변에 엎드려 있는 아이에게』(2022, 강), 이번에 출간되는 『그을린 고백』(2023)[1] 등은 삶의 보호장치이자 해체 도구인 '풍경의 꿈'이 끊임없이 소멸하고 되살아난 내력을 거침없이 그려 보인다. 장석의 '풍경

---

1 일 년에 한 권꼴로 새 시집을 내고 있으니, 장석이 사십 년이나 고수한 공백기는 이미 무색해졌으며 심지어 필요했다고 할 수 있다.

의 꿈'이 지속 (불)가능한 것은, 그 꿈의 출처가 그는 물론 모든 인간 존재가 홀로 마주하고 있는, "절대로 덮이지도 채워지지도 않을/어둡고 깊은 삶의 구덩이"(「전후의 웅덩이에서 나도 돋았다」, 『사랑은 이제 막 태어난 것이니』)이기 때문이다. 장석은 '삶의 심연' 대신 '삶의 구덩이'라고 쓴다. 이 바닥없는 '삶의 구덩이' 앞에 이르면, 삶의 실상과 그림자, 삶의 꿈과 삶의 그림자(풍경)의 꿈을 분리하는 일은 무의미해진다. 나아가 '없는' 꿈이 '있는' 현실을 윤리적이며 존재론적으로 압도하는 현대적 역설이 발생하기도 한다. "우리는 현실을 얻었지만 꿈을 잃었다. 더 이상 아무도 나무 아래 누워 엄지와 검지 발가락 사이로 하늘을 바라보지 않고 직업에 종사한다. 쓸모 있는 사람이 되려면 굶주려서도 몽상에 빠져서도 안 되며 비프스테이크를 먹고 움직여야 한다."[2] 이미 한 세기 전에 서구의 한 작가가 간파한 현대인의 존재 방식은 '꿈의 상실'과 '몽상의 추방'으로 요약된다. 꿈과 몽상을 폐기한 세계는 빈약하고 삭막하며 기형적인 바, 이곳에서 꿈꾸고 몽상하는 일은 더없이 비현실

2 로베르트 무질, 『특성 없는 남자 1』, 신지영 옮김, 나남, 2022, 69쪽.

적이면서도 현실적이며 더없이 무력하면서도 급진적인 행위가 된다. "네 마음이 무너지는 속도를 보아라/우리 세계의 덧없음을"(「변검」, 『우리 별의 봄』).

장석은 몽상과 직업(생활), 자연과 인간, 삶과 죽음 등 우리 세계에서 점점 더 멀어지고 있는, 본래 하나인 둘의 거리를 직시하며 "함께하는 두려움이 만드는/사랑의 힘"(「여름이 온다」, 『사랑은 이제 막 태어난 것이니』)을 다시금 숭배한다. 장석에 의하면, 그는 평생 "무언가를 얻고/무언가를 잃어버린 사람"(「우주론」, 『우리 별의 봄』)이다. 우리 역시 그렇다. 젊은 시절 '바람'과 '풀씨'로 흩어지는 "사랑의 열들"을 배웅하던 장석은 "사랑을 알았으나/이제 모르는 사람"(「미혹」, 『해변에 엎드려 있는 아이에게』)이 되어, "사랑은 건너가는 일"(「앎의 즐거움 4」, 『해변에 엎드려 있는 아이에게』)임을 매일매일 새롭게 깨닫는다. 돌아보면 살아온 날들은 언제나 사랑에 빠진 '오늘'이었으며, 한곳에 머물지 못하고 끊임없이 다른 곳으로 건너가는 과정이었다. "사랑에 빠지지 않은 오늘은 없다/입을 벌린 것들도/단호히 다문 것들도//이곳에서 저곳으로/건너갔던 시간을 기억한다"(「통영항 1」, 『우리 별의 봄』).

네번째 시집 『그을린 고백』에서 장석은 사랑의 불

속을 계속 통과하는 그을린 존재들과 시간과 장소들에 관해 이야기한다. "아침밥 안치는 냄새를 따라 포구로 끌려가/사랑으로 다시 지어지고 싶네"(「빛의 그물질」). 나에게서 당신에게로, 오늘에서 다른 오늘로, 이곳에서 저곳으로 "건너가는 일"인 '사랑'은 지금 "승리와 다름없는 패배"(「그날이 왔다, 새가 노래하려면―노회찬에게」)의 그을음으로 얼룩져 빛난다. 이 얼룩짐과 빛남은 동의어이자 동시에 일어나는 일이다. "눈같이 흰" "더러운 시/더러운 사랑"(「더러움의 시」)의 수호자인 장석은 사랑하고 시 쓰고 살아가는 일이 모두 '건너가다'라는 서술어를 공유한 본질적으로 동일한 행위임을 새 시집에서 보여준다.

2. 가다, 행(行)

시나브로 장석 시의 제1서술어로 부상한 '건너가다'는 이번 시집 전체에 걸쳐 옮겨가다(이행), 나아가다(지향, 도약, 성장), 돌아가다(회귀하다, 죽다), 흘러가다, 찾아가다, 지나가다, 가로질러 가다, 떠나다, 흩어지다 등으로 다양하게 변주된다. 불교적 맥락에서 중생을 고해의 바다에서 극락으로 이끌어가는 제도(濟度), 몸과 마음을 청정하게 닦는 수행(修行) 등의 뜻도 포함한다. 이 단어들의 뿌리는 '가다〔行〕'이다. 장석의 시에서 몇 구절을 예로 들자. "집에서 집 없는 곳으로 가야 하리니"(「시절인연—처서」), "나도 모든 것을 다 거느리고 가/갇힌 숲과 궁지에 빠진 숲/죽어가는 숲을 살려야 한다"(「문병」), "죽으러 가는 길과 죽이려 가는 길/살리려 떠난 길과 살리려 떠난 길/들과 바다의 큰길 골목길에서 얽히고설키네"(「여행」), "강은 우리를 옮겨 가기 위해 흐르는데"(「강의 필법」), "언젠가 너였던 나/나인 줄 알았던 너가 나란히 흘러가고"(「그 집」), 우리는 "길 없는 길을 가고 길을 닫고 간다"(「맹지의 집」), "나아가는 이는 흐르는 일은/잘못도 만나고 각성도 얻으니/한 발은 허물 또 한 발은 분별로 하여/그릇됨과 깨달음의 반복이 길을 이룬다"(「그날이 왔다, 새가 노래하려면」) 등.

간단히 말해, 사랑하고 시 쓰고 살아가는 일이란 처음과 끝이 하나인 궁극의 경지를 향해 하염없이 가는〔行〕 일이다. 장석의 시에서, 더불어 그의 내부에서 순수한 원형의 이미지들이 태초의 '첫' 형상을 고스란히 간직한 채 일렁이며 불타오를 때, 이 내면의 불에 우주 본연의 '적멸'과 존재의 진면목인 '열반'이 얼비치는 것은 자연스러운 일이다. 이번 시집의 표제작인 「그을린 고백」은 1980년의 「풍경의 꿈」만큼 빼어난 작품이거니와, 이 시는 장석이 자신의 첫 시에 보내는 헌시이자 답시의 성격을 갖고 있다.

불을 처음 피웠을 때

오래 비어 있던 난로의 문을 열고
나무껍질과 마른 잔가지를 바닥에 놓고
지난여름을 막 지내고 들여놓은 장작을 넣었네
겨울의 첫 불을 피웠네

오래전 열반에 들어 보이지 않던 불을 데려왔네
적멸의 얼굴을 보려고
다시 춤추게 하려고

고백하거니와
잠이 깬 불길이 일어섰을 때
난로 안에서 새가 무쇠 벽에 부딪던 소리
열지 못한 문 너머 무서웠던 비행

사라져버린 일은 너무 많다

어제도 막 꺼진 불의 장례에 갔지

내가 집어넣어 태워버린 기억

겨우내 노변에서 한 장씩 한 장씩 불사른 지난 꿈

언제 다시 난로 안에 둥지를 틀었나

불길과 함께 잠시 춤추다 사라진 불새

그을린 주전자는 난로 이마 위로

끓는 헛소리를 울컥울컥 쏟고

언제 내 안에 깃들였었나

내려왔던 좁은 연통으로 다시

비명도 없이 날아 올라간 검은 새

재난처럼 앉아 있다가

두 개비의 장작과 함께 꺼졌던 밤

그 겨울의 첫 불을 다시 만날 때

나도 그리로 들어가리라

새를 꺼내다

팔이 타서 검게 그을린다 해도

ㅡ「그을린 고백」 전문

장석은 신성한 불에 휩싸였던 자신의 청춘을 애도하면서 가져보지도 못한 채 잃어버린 삶의 환희를, 흩어져버린 "사랑의 열들"을 회복하기를 꿈꾼다. 삶의 그림자인 풍경의 꿈이 아닌 꿈의 풍경을, "우리의 유일한 밑천"인 "진짜 꿈"(「그날이 왔다, 새가 노래하려면」)을 품은 '삶'을 다시 살아가기를 열망하는 것이다. 이 시에 네 번이나 등장하는 '다시'라는 부사에 주목하자. 회복, 복원, 반복, 계속 등을 의미하는 '다시'야말로 이 시의 진정한 주어일 수 있다. 그러니까 장석의 '그을린 고백'은 '다시'에 대한, '다시'를 위한, '다시'를 처음과 같으면서도 다르게 선포하는 고백이다. 다시 사랑하고 다시 시 쓰고 다시 살아가겠다는 고백. 우리가 매일 "그 겨울의 첫 불"을 피우는 마음으로 자기 자신에게 해야 할 고백. 이 오래된 처음의 순간, "내가 집어넣어 태워버린 기억/겨우내 노변에서 한 장씩 한 장씩 불사른 지난 꿈"은 어느새 "다시 난로 안에 둥지를 틀"고 '불길'로 타오르고 불길 속 '불새'가 되어 춤춘다.

　장석의 불의 우주에서 '시인'은 우주와 인간의 본질에 대한 기억을 간직하고 그것을 오늘 여기에서 되살아내려는, "막 태어나고 있"는 생명의 "기운과 순정"(「시절인연─입춘」)을 지닌 존재를 뜻한다. 시인들 가운데도 점점 더 소수가 되어가는 이 '원시적이며 고전적인' 시인은 시적인 것이 종교적인 것과 통하는 경지를 본능적으로 감지하고 있다(당연한 말이지만, 특정 종교를 지칭하지 않는다). "오래전 열반에 들어 보이지 않던 불"을 되살리고 "내 안에 깃들였"다가 "비명도 없이 날아 올라간 불새"를 되찾아 "춤추게 하려"는 시인은 우주의 리듬을 몸으로 타(오르)는 예술가이면서 고행을 마다않는 수행자의 정체성을 지니고 있다. "어제도 막 꺼진 불의 장례에 갔지/(……)/그 겨울의 첫 불을 다시 만날 때/나도 그리로 들어가리라/새를 꺼내다/팔이 타서 검게 그을린다 해도".

팔이 타는 것도 불사하며 "그 겨울의 첫 불" 속으로 들어가 불사(不死)의 "새를 꺼내"려는 시인은 시 쓰기[詩-行]와 수행(修行)을 따로 떼어놓지 않는다. 신화적 상상력에 입각한 오래된 시와 현대문명을 다루는 새로운 시의 경계 또한 굳이 설정하지 않는다. 장석은 시 쓰기와 종교적 수행, 평범한 일상생활이 하나의 길로 통해 흐르는 순간들을 포착해나간다. 이번 시집에서 장석이 보여주는 미덕도 시적인 것과 종교적인 것을 일상적인 것으로 그대로 변용하고 재발견하는 데 있다. 시「그을린 고백」에서 희생을 치르고서라도 신성한 사랑의 불속에서 영원의 '불새'를 꺼내려 하는 시인이 다른 시에서는 어떻게 변신하고 있는지를 보라. "첫날의 첫 아침/걸어놓은 솥에 들어가 끓고 싶네//모든 아침은 새날이고/세파에 잡힌 잔주름도 윤슬처럼 반짝이고/세상에 낡은 일은 하나도 없어/사랑도 늘 새로 지은 밥이라면"(「빛의 그물질」). "눈 힘껏 퍼붓는 날/기차는 북행//화구에 투신한 화목처럼/빛나는 불꽃의 노래를 부르며/우리는 덜컹덜컹 겨울 깊이 들어가고"(「북행열차」). 전문을 인용하지 못해 아쉽지만, "꽃 냄새만으로 나는 일천구백육십오년 오월을 찾아갈 수 있다"라고 시작하는 지극하고 아름다운 시 「순천 외가 7—냇가 나무의 햇가지」는 애틋한 성분의 기억이 한 인간 존재를 지금 이 순간도 끝없이 거듭나게 하는 비밀의 질료임을 알려준다. "내가 죄를 지을 때마다 나를 두들겨 빨아주"던 '노래'의 "향기로 모든 내 길은 꽃길이 되었지".

3. 통해서 흐르다, 통류(通流)

봉수대 아래 작은 암자에서

능금과 감은 가난한 등불

그 안에 주석하는 벌레와

얹혀사는 수행자의 소신공양

그러하니

미명도 어둠도

외진 곳에 숨은 죄조차 환하여

꿈이 어떻게 우리에게 걸어오는지

세계의 내부에

땅 밑에 바다 아래 깊숙이 연결된 그 길

언뜻 우리는 볼 수 있으니

—「가을의 연등」 부분

장석은 끊임없이 다른 것을 꿈꾸며 나아갈 때 '꿈'
도 "우리에게 걸어오"며, 이렇게 가고 옴 속에서 세
계의 심연에 "깊숙이 연결된 그 길"들을 우리가 볼
수 있다고 말한다. 이 연결의 눈으로 보면, '나'의 까
마득한 "삶의 구덩이"가 놀랍게도 온 우주로 뻗어
있는 길(의 일부)임을 이해하게 된다. "도는 모름지
기 통해서 흘러야 하나니[通流]"(『육조단경』, 「정혜불

이품(定慧不二品)」), "백척간두에서 한발 더 나아가라
는 말이 바로 '통류하라'는 뜻"[3]임을 깨닫는 것도 이
런 맥락에서일 것이다.

장석이 시화하는 '불'은 신성한 근원의 에너지로서
'생명과 탄생의 불'이며, 또 한편으로 파괴적인 현대
문명에 의한 생명 말살의 폭력으로서 '죽음과 멸망의
불'이기도 하다. 전자는 젊은 시절부터 장석이 열망
한 세계의 진리와 존재 본연의 생명력, 이를 저지하
는 현실에 대한 거역의 정신과 상통하며, 건너가다,
흐르다 등 '통류(通流)'의 뜻을 지닌 서술어와 합일
한다. 후자는 그가 침묵하던 사십 년 사이 극에 달한
기후 위기가 재앙의 불이 되어 지구를 강타하고 있는
현실에 대한 비통함을 역설하며, 끊기다, 헤매다, 부
수다, 붕괴하다 등 '단절'의 서술어와 결합한다.

우리 세계의 끝은

바다가 팥죽같이 끓으며 올지 모른다

—「시절인연—동지」 부분

3 이강옥, 『깨어남의 시간들: 수행의 길, 송광사에서 롱아일랜드
까지』, 돌베개, 2019, 266쪽.

계절의 길은 끊기고
철새는 세상의 하늘과 땅을 헤매네

번영을 좇다가 가난의 극지가 되어버리고
공포와 분노로 제 별을 부술지 모르네
손전화에 눈이 박혀 가다가는 곧 혜성과 부딪혀 붕괴
하리라

—「젊은 별 회의」 부분

덫은 풀리고 허방은 메우고 궁지도 없애고
넝쿨까지 덤불까지
사냥감도 사냥꾼도
모두 불타며 저무는 숲을 무어라 부르는가

—「숲에서—노을」 부분

현대문명은 지고의 정화, 차원의 상승, 완전한 소
멸과 순환 등 불이 지닌 '신성'의 힘을 참혹한 '재앙'
의 표식으로 추락시켰다. "나보다 먼저 죽"은, "무너
져 어둑어둑한 술집 안에서"(「술의 노래」) 시인이 '타
오르는 물'(술)을 마시며 지나간 시절과 그 시절의
'나'를 애도해야 하는 것도 이와 관련이 있다. 이 지
점에서 장석은 궁지(窮地)를 궁리(窮理)의 장소로

바꾸고, 끊기고 막힌 곳에서 다시 나아가는 시적이면서도 현실적인 작업에 돌입한다. 예컨대 그는, "덫은 풀리고 허방은 메우고 궁지도 없애"며 "모두 불타며 저물"게 하는 숲의 '노을'로부터 이 "신생의 발길"(「한 오라기 통신」)을 내딛는 법을 배운다. "상심과 절망을 벗고" "드물게나마 기뻤던 날의 축가를 부르라 하"(「봄 편지」)는 '봄'의 초대에 응답하고, 재난 속에서 사랑하는 "서로의 심장으로 피항하"(「태풍」)는 방법 등도 고안해낸다.

> 모든 세대의 생명이 가득히 탄 우리 별은
> 가끔은 뒷걸음질 치는 듯하여도
> 잠시의 농담이었다는 듯
> 이내 살같이 압도적으로 나아간다
>
>   ―「뒷걸음질 치는 배를 보며」 부분

> 멈추지 않고 당당하게 굽이쳐 흐르는 꿈
> 어마어마하게 시퍼렇고
> 늠름하게 아름다운 우리의 꿈
> 시간은 흐르면서 한 시대를 이루고
> 멈추어 고이면 썩어갈 한 시절일 따름이니
> 이 땅에서의 나그네 순례가 헛되지 않도록

우리의 꿈도 멈추면 부질없는 백일몽

벅차게 드세게 흐르면

그날에 이르르니

         —「그날이 왔다, 새가 노래하려면

             —노회찬에게」 부분

  이 시들은 한결같이 "압도적으로 나아가"고 "벅차게 드세게 흐르"는 통류(通流)의 현재와 미래를 노래하며 축복한다. 이와 함께, 지난 시대에 지친 삶의 그림자 속에서 배회하던 '나의 꿈'은 새로운 시대의 "어마어마하게 시퍼렇고/늠름하게 아름다운 우리의 꿈"으로 확장하고 도약해 있다. 한곳에 멈추어 있지 않고 통하여 흐르는 것이 도(道)의 본질이며 운행 방식이라면, 그것은 우주와 삶의 본질이며 운행 방식이 그러하기 때문일 것이다. 장석은 인류가 처한 멸망의 위기 속에서, 이 무도(無道)하고 심악한 현재야말로 우리가 다시 "그 겨울의 첫 불" 앞에서 "그날에 이르"는 머나먼 여정을 시작해야 할 이유이며 필연이라고 말한다. 새가 다시 노래하고 우리가 다시 사랑하는 기적을, 현실을 꿈꾸는 것이 장석이 2020년대에 다시 시를 쓰는 이유인 것처럼.

장석은 우리의 내면에서 영원히 타오르고 있는 '첫불'의 연료가 '사랑'임을 이미 오래전에 설파한 바 있다. 이번 시집 『그을린 고백』은 장석이 독자들께 권하는 '사랑의 야단법석'이기도 하다. "달빛처럼 꽃은 바다에 내리고/그는 삼매에 들고/모든 계절과 사랑이 앉아 있는/법석 한 장"(「색종이의 봄」). 이 법석에 앉는 순간, 당신은 사랑의 새로운 시간으로, 시절로, 시대로 "벅차게 드세게" 통하여 흐르는 '불'의 열기를 경험할 수 있을 것이다. 단, 그을릴 수 있음에 유의하시기를.

시인의 말

홀러가다 어느 새벽
누군가 길어 항아리에 담은 냇물

상상의 만수위로 계속 흘러라
양쪽 강변의 피고 지는 일
좁게 보았던 세상을 다시 정의하여라

2023년 가을
장석

그을린 고백

© 장석

1판 1쇄 발행 | 2023년 9월 30일

지은이 | 장석
펴낸이 | 정홍수
편집 | 김현숙 이명주
펴낸곳 | (주)도서출판 강
출판등록 | 2000년 8월 9일(제2000-185호)

주소 | 서울시 마포구 동교로17안길 21(우 04002)
전화 | 02-325-9566
팩시밀리 | 02-325-8486
전자우편 | gangpub@hanmail.net

값 13,000원
ISBN 978-89-8218-325-6   03810